ASET

Volume 3

Narrativa

R. D. Hastur

... Poi iniziò a piovere

Antologia di racconti

Eclypsed Word

Editing: Anna Messina

Copertina: Davide Romanini

ISBN: 978-88-6817-044-8

Pubblicato da **Eclypsed Word**

Marchio di **Kreattiva Edizioni**
Via Primo Maggio, 416, 41019, Soliera (MO)
Tel. +39 3316113991 +39 3392494874
Cod. Fisc. 90038540366
Partita IVA 03653290365

©*2015 Eclypsed Word per Associazione Culturale KREATTIVA*

I edizione, collana "Aset", 2017

dedicato a T.
per aver creduto in me,
nonostante i miei dubbi.

Del Ponte

Era il 7 agosto, una sera come tante fra le sere dei week-end estivi. Sulla Via circolavano pochissime automobili, data l'ora tarda e il periodo vacanziero.

Una semplice utilitaria verde scuro viaggiava a velocità allegra; al suo interno stavano Bernard, intento a cercare nel cruscotto un cd da inserire nel lettore di cui era dotata l'auto di Andy, il quale al posto di guida era troppo occupato a pigiare il piede sull'acceleratore per ascoltare la bellissima Charlie, seduta dietro di lui. La ragazza lo pregava di andare più lentamente:

– Hai bevuto un tantino troppo per andare così veloce.

Glielo stava ripetendo da quando avevano imboccato la Via, ma era stata completamente ignorata.

La festa per il diciottesimo compleanno dell'amica Nicole era stata, per i tre giovani, di una noia mortale; constatato questo, cominciarono a bere: fiumi di birra praticamente gratis. Appena poterono, corsero via; meglio starsene a casa che con una mandria di idioti, probabilmente era questo ciò a cui avevano pensato.

Erano giunti nei pressi di una lunga curva quando, improvvisamente, Andy perse il controllo dell'auto.

Più volte l'automobile si capovolse su se stessa, fermandosi, fortunatamente con le gomme a terra, solo un attimo prima di cadere nel profondo fossato costeggiante la Via.

Charlie, essendo sprovvista di cintura di sicurezza, batté il capo contro il seggiolino di Andy, con una violenza tale da perdere conoscenza.

Appena i due ragazzi si ripresero, si diedero da fare perché anche l'amica rinvenisse.

La ragazza rimase priva di sensi solo per pochi minuti e, ad eccezione di una vaga e giustificata confusione, non sembrava aver riportato gravi danni.

– Bene! Ora guido io, – inveì Bernard contro l'amico, non appena Charlie ebbe riaperto gli occhi. – Conosco una scorciatoia. Visto che si sta facendo tardi, prenderemo quella.

Controllarono lo stato dell'auto: al di là di qualche ammaccatura e profondi graffi alle fiancate e ai paraurti, sembrava fosse uscita illesa dalle acrobazie fuori programma.

I ragazzi vi risalirono; dopo aver tossito un po', il motore si avviò nuovamente.

Bernard abbandonò la Via e li condusse attraverso un vicolo vicino alla curva: una stradina in terra battuta che si perdeva per le campagne.

Era passato un buon quarto d'ora da quando il vicolo era mutato in un sentiero fra la boscaglia. La vegetazione irregolare strisciava contro i finestrini e le lamiere, producendo fruscii fastidiosi e ripetitivi.

Charlie continuava a massaggiarsi il capo nel tentativo di lenire il dolore:
– Bernard, lo sai vero dove stiamo andando?
– Veramente, – rispose Bernard a fil di voce. – Veramente la strada sembra diversa da quella che ho fatto l'altro giorno, eppure sono sicuro di non aver sbagliato!
– Bene, ci siamo persi! – si rassegnò Andy, poi chiese perplesso. – E ora che succede?
Il motore dell'automobile si era fermato improvvisamente.
A nulla valsero i tentativi di farla ripartire.
– Andiamo a cercare aiuto, – suggerì Charlie.
– Fra tutti questi alberi e campi, ci dovrà pur essere un contadino!
Continuarono a piedi sul sentiero. Intorno a loro solo alberi e stelle.
La luna era gialla ed alta nel cielo. I tre giovani sfortunati percorsero quasi un chilometro, giungendo fino a una grossa arcata di pietra. Decisero di oltrepassarla c fermarsi a riposare ai piedi di una collinetta vicina.
Passò qualche minuto, quando Andy richiamò l'attenzione degli amici:
– Guardate là!
Gli amici voltarono lo sguardo nella direzione indicata loro.
Bernard sorrise, stupito:
– Uno sciame di lucciole!
Delle piccole luci, come minuscole lanterne fluttuanti, volteggiando disordinatamente

11

nell'aria si disposero tutt'intorno a loro. Charlie tese il braccio distendendo il palmo, come solitamente faceva per osservare i minuscoli insetti camminarci sopra. Una di quelle piccolissime torce, si posò sopra la sua mano. La ragazza avvicinò il palmo al viso e fissò l'esserino scrutandone la figura; dopo pochi secondi spalancò gli occhi incredula: sul suo palmo non vi era un insetto, bensì una strana creatura dalle fattezze di una donna in miniatura, con due paia d'ali semitrasparenti e scintillanti attaccate alle scapole; il volto di questa era solcato da un sorrisetto di beffa, deformatosi rapidamente in un malvagio ghigno di pura cattiveria, mentre i suoi occhi si tinsero di una luce rossastra. La vista di quel volto trasfigurato spaventò la ragazza, la quale emise un grido nervoso e scagliò lontano quella creatura. Le sue compagne, non poco contrariate dal gesto di Charlie, si scagliarono contro i tre malcapitati: occhi, orecchie, naso; ovunque potessero, quelle strane creature luminose iniziarono a infierire ripetutamente.

I giovani scattarono in piedi agitando le braccia intorno al viso, nel disperato tentativo di allontanare quelle dannate lanterne antropomorfe. Quando riuscirono ad atterrarne qualcuna, le altre decisero di ritirarsi, svanendo inghiottite dalla luce degli astri.

– Ma che cazzo erano quelle?

– Non lo so, sembravano... fate!

– Fate? Quelle erano troie! Charlie, guarda Andy!

Andy, inginocchiato a terra con le mani sul volto abbassato, pareva respirare a fatica.

Charlie gli si avvicinò preoccupata, chiedendogli cosa avesse.

Non ricevendo risposta, Bernard afferrò le mani dell'amico, spostandogliele con forza dal viso: le pupille del ragazzo erano inondate di lacrime ed era in preda a una forte epistassi.

– Oddio, Andy! - gridò Charlie. - Stai sanguinando!

– È nel naso! È nel naso! – ripeté insistentemente Andy, senza smettere di urlare e agitarsi.

Bernard, impulsivamente, gli sferrò un colpo a pugno chiuso sul setto nasale.

Il ragazzo si accasciò al suolo gemendo.

Charlie fissò incredula l'aggressore ma, prima che potesse dire qualunque cosa, Andy tossì forte e, dal suo naso, cadde una di quelle creaturine luminose. La luce che emanava sembrava essersi fortemente affievolita. Schiacciandola col piede, Bernard la estinse del tutto.

Charlie abbracciò forte Andy:

– Stai bene ora?

Il ragazzo, in risposta, annuì, tentando di ripulirsi il sangue dal naso come meglio potesse.

13

Stavano per ritornare sui loro passi quando, da lontano, iniziò a sentirsi un ritmo veloce e sommesso che pareva scuotere la terra.

Tutti e tre, simultaneamente, diressero i loro sguardi perplessi nella direzione dalla quale sembrava provenisse quel rumore e si accorsero di come questo si facesse, via via, più veloce e più intenso.

Gli occhi dei ragazzi rimasero immobili sulla scena che, rapidamente, comparì innanzi a loro.

Una mandria di cavalli scuri, cavalcati da sagome ancora più scure, si stava dirigendo verso di loro a un'esagerata velocità.

– Non è possibile, - disse Charlie a fil di voce.

– Noi siamo venuti da quella parte. Non c'era niente! Non è possibile!

Agendo d'istinto, corsero più in fretta che poterono nella direzione opposta.

Qualche istante prima che fossero raggiunti da quei misteriosi cavalieri, Bernard vide una nicchia sul lato sinistro del sentiero; sopra suo consiglio i tre giovani vi si precipitarono.

La furia di quell'armata passò in pochi minuti, durante i quali, Andy rimase immobile ripetendo sottovoce le parole dette poco prima da Charlie: 'Non è possibile'.

Quando l'eco degli zoccoli fu lontano, Bernard e Andy iniziarono a discutere, cercando di capire cosa stesse accadendo.

All'improvviso la ragazza fece cenno agli altri due di tacere, la sua attenzione era stata catturata da un flebile suono alle proprie spalle: ripetitivo ma lento, leggero ma irritante, simile allo sgocciolare del lavandino quando è chiuso male. Senza voltarsi, a tentoni nella penombra, fece un passo indietro di circa mezzo metro; si sentì bagnare la testa da un liquido gocciolante dal soffitto.

Alzò lo sguardo: l'orrore si dipinse sul volto di Charlie in un istante, quando vide appeso capovolto al soffitto, nell'ombra della nicchia, un corpo che doveva essere quello di un bambino. La gola sembrava essere stata lacerata da zanne e dalla ferita fuoriusciva una grande quantità di sangue, lento ma costante.

Da un buio angolo, si alzò un ringhio e due pupille bianche senza nulla che potesse appartenere al mondo umano o animale, si accesero nell'oscurità.

Fra le grida di terrore, i ragazzi uscirono più in fretta che poterono dalla nicchia, inseguiti da quello che sembrava un grosso cane nero il quale, correndo e abbaiando verso di loro, si faceva sempre più vicino, sempre più vicino.

Improvvisamente Bernard si fermò; Charlie ed Andy continuarono a correre chiamandolo ed implorandolo che facesse altrettanto. L'amico, invece, rimase immobile, urlando di fermarsi. Pur non avendo idea di cosa avesse in mente il ragazzo, si fermarono ugualmente, tremanti.

Bernard continuava a rimanere fermo, guardandoli; quando il cane gli fu a un passo, si gettò a terra di schiena e, mentre la bestia saltava sopra di lui, il ragazzo tirò fuori da una tasca dei jeans un coltellino a scatto, conficcandolo nell'addome della mostruosa creatura; questa si accasciò a terra fra guaiti di dolore e, in breve tempo, smise di muoversi.

Ormai erano stanchi di tutti quegli strani avvenimenti e decisero di tornare indietro, aspettando che si facesse giorno: qualcuno sarebbe pur passato lungo la strada...

Dopo più di un'ora, ormai stremati, giunsero all'arcata di pietra, ora, però, sigillata da un masso enorme, il quale aveva bloccato ogni possibile via per raggiungere la loro auto.

La disperazione e il disorientamento s'insediarono nell'anima dei tre ragazzi.

Stavano per tornare sui loro passi, quando comparve innanzi a loro una figura alta più di due metri, avvolta da un gigantesco mantello nero notte; una coltre d'oscurità copriva completamente il suo volto.

Bernard, spazientito, si diresse verso il misterioso individuo, con fare minaccioso:

– E tu chi diavolo sei?

La figura ammantata gli diede giusto il tempo di finire la domanda; inferendogli un unico colpo con un affilato machete, lo falciò dalla spalla sinistra al fianco destro.

Andy lanciò un grido di terrore, mentre Charlie rimase completamente paralizzata, fatta eccezione per la sua mandibola, tremante senza controllo alcuno.

Il ragazzo, con gli occhi fissi sul cadavere di Bernard, continuò a piangere chiamando il suo nome e chiedendogli dove li avesse portati.

Il suo dolore, in verità, durò solo qualche secondo, prima che la lama assassina, già macchiata del sangue di Bernard, non si sporcasse anche di quello del cranio, spaccato a metà, di Andy.

La ragazza corse verso la pietra e vi si aggrappò con forza, annaspando sulla liscia parete nel tentativo di scalarla.

La figura nera la guardò impassibile e, non appena Charlie, con fatica, raggiunse la cima del masso, si girò di spalle e scomparve lasciandola sola. Contemporaneamente tutto quello che vi era intorno, venne inghiottito in un vortice oscuro e fiammeggiante.

Charlie, aggrappata con tutte le proprie forze al masso, si sentì bruciare fin dentro le ossa.

Prima di venire risucchiata dal vortice di fuoco nero, riuscì ad aprire per un istante gli occhi, un istante solo: quello sufficiente per vedere bruciare le lamiere dell'automobile, fondendosi alle loro ossa e ai loro tre giovani corpi.

Fine?

Pan! Pam!

Il sole era sorto già da qualche ora quando bussò sulle sue palpebre, svegliandolo.

Si sollevò a sedere e con le mani chiuse a pugno si stropicciò gli occhi, poi si stirò tendendo le braccia verso l'alto, infine spostò le coperte e saltò giù dal materasso.

Una volta alzatosi avvertì un piacevole brivido alle piante dei piedi, che il pavimento freddo trasformò ben presto in fastidio; si chinò per afferrare e infilarsi le pantofole, lasciate sotto il letto la sera prima. Fece per uscire dalla camera quando si accorse della nonna, ferma sulla soglia della porta.

– Buongiorno piccolo, – salutò lei con un gran sorriso. – Vai a lavarti la faccia e corri in sala, che ti ho preparato la colazione!

Il bambino sorrise e con un ampio cenno del capo rispose affermativamente.

Corse in bagno e pochi minuti dopo era seduto a tavola, davanti a una tazza di caffelatte fumante e una scatola di latta bianca, piena di biscotti.

– Papà mi ha portato qui ieri, ma verrà stasera? – chiese il bimbo alla nonna, indaffarata in cucina. – Vorrei ci fosse al mio compleanno.

– Ha telefonato mentre dormivi, – rispose la nonna continuando nelle sue faccende. – Ha detto che farà il possibile per esserci.

Alzò le spalle e continuò a mangiare: ormai era abituato ai lunghi viaggi di lavoro del padre; la madre era morta dandolo alla luce e fin da piccolissimo era abituato a passare molto tempo coi nonni. Non che gli dispiacesse: la loro casa era nel bel mezzo della campagna e nella bella stagione poteva giocare libero per i campi; si divertiva molto anche aiutando il nonno a lavorare la terra, oppure accompagnandolo al mercato nei fine settimana.

Gli dispiaceva solamente che non ci fossero molti bambini della sua età da quelle parti, ma gli amici che aveva nella città vicina, dove viveva col padre, compensavano ampiamente quella mancanza.

– Il nonno è già uscito?

– Sì, è nel campo, quando hai finito di mangiare ti lavi i dentini e poi puoi raggiungerlo.

Così fece.

Appena posò il piede sula soglia, sentì il sole caldo sulle guance e alzando gli occhi al cielo terso, sorrise; partì di corsa alla volta del viottolo d'accesso ai campi, mentre la nonna rimase ferma a osservarlo sull'uscio, raccomandandogli premurosamente di non correre e di fare attenzione.

Trovò il nonno al confine del campo: discuteva con un uomo mai visto prima, dallo sguardo celato dietro un paio di grossi occhiali scuri; quando arrivò loro abbastanza vicino, riuscì solo a sentire qualche nervosa parola che l'anziano parente stava quasi gridando.

– Le ho detto di no! C'è stato un temporale fortissimo l'altro ieri!

Intuendo il cattivo umore del nonno, il bambino s'intromise nella discussione, avvertendo l'anziano contadino che sarebbe andato a fare un giro in paese.

– Va bene, – rispose il nonno con fare meno irritabile, ma ben distante dall'essere tranquillo. – Però fa attenzione a non avvicinarti troppo all'argine del fiume, che ha piovuto tanto ed è pericoloso.

Con un rapido 'va bene', il bambino si congedò e si avviò per la strada che portava al centro del borgo; mentre si allontanava sentì ancora la voce del nonno, sempre più collerica:

– No! Lui era in città!

Il bambino trotterellava per la strada ciottolata, quando si accorse che il prato era ricoperto da mucchietti di foglie cadute dai numerosi alberi; decise che sarebbe stato più divertente camminare a lato della strada, strisciando i piedi per sollevare le foglie.

Facendo attenzione a non avvicinarsi troppo alla sponda del fiume, poco distante dal viale sterrato, riprese a camminare giocando con le foglie.

Si arrestò poco dopo, quando il suo piede destro colpì qualcosa in mezzo al fogliame. Nell'abbassarsi per guardare su cosa stesse per inciampare, i suoi occhi s'illuminarono di meraviglia.

Più volte ne aveva viste, alla televisione, ma ancora più spesso nei pomeriggi d'estate passati dai nonni, quando gruppi di ragazzi più grandi venivano dalla città per giocare a *soft-air*, a *paint-ball* e ad altri "giochi di guerra", come li chiamava la nonna. Avrebbe voluto anche lui prendere parte a quei giochi, ma i nonni gli avevano spiegato come fossero giochi molto costosi e, di certo, non adatti a un bambino.

Ma la fortuna l'aveva aiutato, gli aveva fatto un regalo di compleanno meraviglioso: una fantastica pistola giocattolo, con la quale si sarebbe divertito un mondo giocando al tiro al bersaglio e alla guerra!

La raccolse e riprese il cammino.

Mentre raggiungeva il paese fingeva di sparare agli alberi, agli uccelli in volo, ai fiori, ai pesci che guizzavano nel fiume catturando gli incauti insetti avvicinatisi troppo al pelo dell'acqua e a tutto quello che vedeva.

24

Una volta giunto in centro si divertì ancora di più, mirando ai passanti e ai contadini più attempati, seduti all'ombra delle grigie pareti dei palazzi; puntava contro di loro il giocattolo a forma di pistola, imitandone il rumore in tono alto e secco:

– Pam! Pam!

Gli anziani sorridevano e stavano al gioco fingendo di essere colpiti, mettendosi una mano sul petto e simulando lamenti doloranti.

– Dì un po', ragazzino, - gli chiese un vecchio amico dei nonni. – È un regalo di compleanno quello?

Il bambino annuì e riprese il gioco, senza indugiare troppo.

Il tempo sembrò volare via in un istante e, quando la campana del paese suonò a mezzogiorno, il bimbo si rese conto di quanto si fosse fatto tardi e che sarebbe dovuto correre a casa per il pranzo.

Imboccò velocemente la strada per il ritorno, correndo lungo il viale sterrato.

Si fermò a riprendere fiato, poco distante dal luogo in cui aveva trovato la pistola giocattolo; non essendo certo che la nonna gli avrebbe permesso di tenerla, decise di portarle un omaggio floreale per abbonirla.

Il bambino scattò verso l'argine del fiume, lungo il quale stavano spuntando rigogliosi i fiori di campo; slittò inciampando sul terreno, reso scivoloso dalle precipitazioni. Cadde prono al suolo con un tonfo, il quale fu attutito da un forte boato. Una densa macchia rosso scuro coprì l'erba nell'esatto punto in cui era caduto.

Il bambino si voltò sulla schiena alzando lo sguardo, sempre più spento, al cielo; ora non era più terso: una coltre di nubi oscurò la luce del sole primaverile, un freddo vento gli gelò il petto.
Dalla bocca del giocattolo, ancora stretto fra le sue mani, uscì un rivolo di fumo.
... poi iniziò a piovere.

Fine?

Just a kid

L'asfalto correva veloce sotto le ruote dell'*enfant terrible* gialla. I fari dell'auto fendevano col loro freddo candore il buio che inghiottiva l'intero paesaggio della "Bassa". Lupo, col braccio destro appoggiato sulla portiera e il capo premuto contro il poggiatesta, sonnecchiava accarezzato dalla brezza che irrompeva dal finestrino abbassato; le note di *I'm Just a Kid* uscivano dallo stereo, riempiendo l'abitacolo e disperdendosi nella notte che, rapida, scivolava alle loro spalle.

Gas, senza staccare gli occhi dalla strada, alzò leggermente il volume.

– Non vorrai addormentarti e lasciarmi solo coi *Simple Plan*, vero?

Lupo alzò le spalle e rispose sarcastico all'amico:

– Se preferisci mettiamo su gli *Evergreen Terrace*.

Gas sorrise e scosse il capo:

– No, non preoccuparti: "I'm Just a Kid" va benissimo.

Lupo sogghignò di rimando, si accucciò nuovamente stringendosi nelle spalle e riprese a sonnecchiare.

Entrambi i ragazzi portavano sulle spalle il peso e la stanchezza di una settimana di lavoro, per cui le serate tranquille come quella appena trascorsa, al solito pub con i soliti amici, assumevano quasi una valenza

31

terapeutica: davano loro la certezza che alcune cose, nonostante tutto, rimanessero uguali; la sicurezza di un luogo nel quale poter trovare rifugio dalle tempeste della vita.

Già, le "tempeste"; tante volte ne avevano parlato e tante ne avevano attraversate assieme, Lupo e Gas, seppure sommando le loro età, il risultato non avrebbe raggiunto i quarant'anni.
Gas aveva sviluppato una sorta di mania ossessiva, per aprire quel tipo di discorsi dal sapore di filosofia spicciola, spesso senza capo né coda, dai quali Lupo tendeva a tenersi alla larga, nel tentativo di evitare di 'rimanerci in mezzo', come soleva dire lui stesso.

Quella volta, però, fu Lupo ad iniziare a parlare, proprio mentre Pierre Bouvier intonava l'ultimo ritornello:
– Gas! – esordì Lupo continuando a tenere gli occhi chiusi e con la voce un po' assonnata. – Ma anche a te succedeva da bambino?
– Cosa? – chiese Gas, per poi rispondersi dopo un istante, comprendendo che la domanda fosse riferita al testo della canzone.
– Di pensare che la vita sia un incubo, di essere ingiustamente solo, che nessuno stia bene con me e che io sia l'unico triste, mentre il resto del mondo ride?

– Beh, sì, più o meno.

– A volte lo penso ancora, Lupo.

L'amico aprì gli occhi e si stiracchiò; stava per continuare il discorso, ma s'interruppe quando guardò fuori dal parabrezza. Gas rallentò fino a fermare il veicolo.

I due ragazzi esclamarono all'unisono:

– Ma che ca...?

Davanti a loro, attraversato un piccolo banco di nebbia, si era palesato uno scenario inquietante: due volanti della polizia erano parcheggiate a bloccare la strada nella direzione da cui erano giunti; sull'asfalto erano state posizionate delle torce di segnalazione, una squadra di vigili del fuoco stava cercando di domare un incendio che aveva coinvolto un furgone bianco e un'automobile dello stesso modello e colore di quella guidata da Gas.

Una vigilessa stava tentando di calmare una donna sulla quarantina, con lunghi capelli mossi rossicci legati dietro la nuca, avvolta in una camicia da notte viola a pois bianchi; sembrava in forte stato confusionale e stentava a non balbettare, mentre dava la sua deposizione:

– Avevo sentito un rumore. Sono uscita. Ho visto l'auto andare contro il furgone. Poi uno scoppio.

Le parole della donna erano intercalate da continue ripetizioni della frase 'Dio mio'.

La vigilessa e la donna erano distanti pochi metri da loro, ma, davanti l'unica casa sulla strada, probabilmente quella dove abitava la signora in vestaglia, una striscia di plastica gialla segnalava l'impossibilità di avvicinarsi. Dalle carcasse ferrose e dalle lamiere squarciate e accartocciate parevano intravedersi dei corpi.

Gas rimase inchiodato al volante, ma Lupo uscì di corsa dall'auto e si diresse verso un poliziotto che gli andò incontro; il ragazzo chiedendo cosa fosse successo e se fosse possibile proseguire e se avessero bisogno di aiuto.

– No, ragazzo. È stato un bruttissimo frontale e probabilmente entrambi i guidatori non sono sopravvissuti, ma è pericoloso avvicinarsi. Per ora non si può passare, i pompieri devono estinguere completamente l'incendio, evitando che si espanda o produca altre esplosioni; la strada è bloccata, dovrete cercarne un'altra.

Il poliziotto si allontanò. Lupo abbassò lo sguardo e notò un piccolo oggetto per terra; si chinò e lo raccolse: era una targhetta, bruciacchiata e spaccata a metà, della quale si leggevano le lettere "I", "V" e la stanghetta verticale di quella che doveva essere stata una "E"; sicuramente apparteneva al furgone e doveva essere arrivata fin lì a causa dell'esplosione, o per la forza dell'urto fra i veicoli.

Quando Lupo montò nuovamente sull'auto l'amico gli chiese cosa fosse successo.
– Un camion, – rispose vagamente Lupo, giocherellando con la targhetta. - Si è scontrato con un'auto. È saltato tutto in aria; anche questa.
Lupo porse la targhetta all'amico, che la osservò:
– *Ivi?* – chiese perplesso Gas. – Che significa ivi?
– Non vedi che è spaccata? – Rispose Lupo afferrando nuovamente la targhetta. – Non è "*ivi*", è "*ive*": Iveco! La casa del camion.
Gas sorrise:
– Ma sì, lo sapevo. Stavo sdrammatizzando, Lupo.
Il ragazzo guardò fuori dal finestrino: le fiamme divoravano l'oscurità e si stavano estendendo ai platani costeggianti la strada.
– Comunque, – riprese Lupo. – "*Ivi*" significa "lì: in quel luogo", penso significhi anche "in quel momento".
Detto questo, scagliò la targhetta fuori dal finestrino.
– Prendiamo la tangenziale.

Per tutto il resto del viaggio nessuna parola venne pronunciata, nessun vecchio discorso continuato, né nuovi furono iniziati; perfino lo stereo tacque.

Parlavano della vita continuamente, qualche volta della morte, ma trovarsi davanti al suo tragico potere e la loro impotenza di fronte a quella situazione, aveva impedito qualsiasi genere di commento a caldo.
Ne avrebbero sicuramente parlato, ne erano consapevoli.
Ma non quella sera.

Usciti dalla tangenziale ci vollero pochi minuti per raggiungere casa di Lupo.
Gli amici si salutarono con un semplice "ciao", senza rimandare o programmare incontri per i giorni seguenti.
Gas ripartì, senza dire nulla e senza riaccendere lo stereo.
Erano sufficienti i pensieri a tenerlo sveglio.
Pensò a tutti i discorsi fatti quella sera, a come avrebbe vissuto da allora in avanti e, sicuramente, sentì qualcosa in lui di diverso, cambiato: come sapeva che qualcosa fosse cambiato anche in Lupo.

Tanto fu assorto nei suoi pensieri, da non notare di aver mancato l'entrata della tangenziale.
Si era perso?

Dopo più di un quarto d'ora percorso sulla strada, circondato solo da tenebre e platani, decise di prendere la cartina per capire dove si trovasse.

Allungò il braccio verso il vano portaoggetti; qualcosa cadde da quello, attirando la sua attenzione per qualche secondo. L'*enfant terrible* giallo entrò in un banco di nebbia; Gas riportò lo sguardo sulla strada, ignorando gli oggetti caduti dal vano. Uscito dal banco di nebbia portò il piede sul freno, nel tentativo di inchiodare la vettura e ruotò velocemente lo sterzo, per evitare la collisione con un grosso albero: gli parve fosse spuntato dal nulla. Le gomme stridettero sull'asfalto e l'automobile si fermò spegnendosi, accanto a quella che pareva essere l'unica casa sulla strada.

Gas girò la chiave per riavviare il motore, ma una forte luce abbagliò i suoi occhi e un sordo suono di clacson gli otturò le orecchie. Alzò lo sguardo tenendo le palpebre socchiuse e vide un enorme veicolo chiaro scagliarsi contro di lui. Riuscì solamente a vedere la scritta "Iveco" sul muso del furgone bianco, prima che questo sfondasse il parabrezza.

Una donna sulla quarantina, con lunghi capelli mossi rossicci legati dietro la nuca, avvolta in una camicia da notte viola a pois bianchi, corse fuori dalla sua abitazione, svegliata dai rumori delle frenate.

Vide le due vetture scontrarsi ed esplodere, colorando il cielo della notte di un rosso intenso.

La donna rimase immobile con gli occhi spalancati, ripetendo continuamente una frase di sole due parole:

– Dio mio. Dio mio.

Fine?

La linea del destino

La sera tesseva la sua trama scura sulle strade e la pioggia scrosciante contribuiva ad abbassare la visibilità. Altea alleggerì la pressione del piede destro sull'acceleratore fino ad annullarla, mentre col sinistro premette fino in fondo la frizione, muovendo la mano destra sul cambio per poi scalare in terza marcia.

– Meglio rallentare, – disse fra sé e sé. – Già succedono abbastanza casini.

Infatti quella settimana non era stata delle più tranquille; non che Altea fosse una donna abituata a lamentarsi e, sicuramente, erano accaduti anche eventi positivi: la salute della vecchia madre, negli ultimi tempi molto provata, stava notevolmente migliorando; aveva smaltito un carico di lavoro davvero impressionante e, grazie ai risultati ottenuti, era in lista per una promozione; inoltre, quel pomeriggio si era imbattuta, dopo tanto tempo, nella sua vecchia amica Angelica, con la quale, dopo aver scambiato qualche parola e concordando sul fatto che avessero molto da raccontarsi, aveva deciso d'incontrarsi a colazione l'indomani.

D'altro canto Altea aveva alcuni dubbi: la promozione l'avrebbe obbligata a trasferirsi in un'altra città, il che l'avrebbe allontanata dalla madre malata e sicuramente avrebbe provocato dei turbamenti nella relazione col fidanzato, già abbastanza burrascosa.

Ripercorrendo nella memoria gli ultimi avvenimenti, la giovane donna giunse innanzi alla sua abitazione: uno splendido villino, affittato a buon prezzo da pochi mesi; dopo aver parcheggiato l'automobile raggiunse l'ingresso, girò la chiave nella serratura ed entrò in casa, richiudendosi la porta alle spalle.

Guardò l'alto orologio a pendolo accostato alla parete destra dell'ingresso, mentre si liberava dalla borsetta di pelle nera e dalle eleganti scarpe di egual colore, per infilarsi un paio di pantofole in spugna lilla.

– Già le otto e mezza. – constatò fra sé e sé.

Raggiunse il divano e si lasciò cadere esausta; si stropicciò gli occhi e allungò un braccio verso il tavolino accanto al divano, afferrando il telefono.

Digitò lentamente il numero della pizzeria a domicilio e ordinò una margherita; dalla cornetta la commessa le disse che gliel'avrebbero consegnata in mezz'ora.

Altea chiuse la comunicazione e cercò le forze per sollevarsi. Ci mise ben cinque minuti prima di raggiungere il piano superiore, dove, una volta entrata in bagno, si concesse una doccia rigenerante.

L'acqua calda, scorrendo sulla sua pelle, sembrava riuscisse a lavare via tutta la tensione e lo stress che sentiva aver accumulato in quella faticosa giornata.

Il fattorino della pizzeria arrivò esattamente trenta minuti dopo la telefonata e la donna gli aprì la porta con ancora l'accappatoio addosso; gli fece appoggiare la pizza sul tavolino accanto al divano e cercò il portafogli nella borsa, accorgendosi dello sguardo del ragazzo, caduto sul proprio petto parzialmente scoperto dall'accappatoio.

Altea era ancora molto giovane ed era consapevole della sua bellezza, perciò era abituata a essere oggetto degli sguardi di uomini più o meno giovani; ad ogni modo non seppe resistere dal provocare il giovane.

Gli tese una banconota da 10, che lui afferrò, tentando di distogliere lo sguardo indagatore dai seni della donna:

– Le... le do il resto.

Altea, con un sorriso sarcastico, gli fece un cenno per fargli capire che non era necessario e disse dolcemente, mentre accompagnava il ragazzo all'ingresso:

– Tienilo pure come mancia, tesoro, – poi fece una pausa e, ammiccando, continuò. – Sono io "a dare", di solito... e questo è l'unica cosa che potrai mai avere da me.

Spinse leggermente il ragazzo sulla soglia e richiuse la porta.

Mangiò sul divano, facendo un po' di *zapping*.

Finita la cena, portò il contenitore della pizza sul tavolo del cucinotto e rimase qualche secondo a fissare il vuoto: arrivò alla conclusione che i pensieri erano troppi e che avrebbe rimandato tutto all'indomani, compreso gettare la scatola nell'immondizia, riguardare alcuni documenti che si era portata a casa dall'ufficio e comunicare al fidanzato la notizia della probabile promozione; spense il televisore e si diresse alla camera da letto, dove si infilò in una camicia da notte in seta chiara e si avvolse nelle coperte. Chiuse gli occhi, lasciandosi abbracciare dall'oscurità.

∞

La luce del sole bussò dolcemente sulle palpebre di Altea: le sembrò passato un solo istante da quando si era addormentata, ma si sentiva ugualmente riposatissima e carica di energia. Lanciò un'occhiata alle cifre verdastre della sveglia digitale posta sul comodino di fianco al letto: segnava le otto in punto.
La donna si sollevò a sedere e tese i muscoli degli arti stirandosi: le ci voleva una dormita rilassante dopo un'intera settimana di ore piccole.
Dopo una doccia veloce, scelse dall'armadio della camera da letto un bel vestito color pastello e si diresse all'appuntamento con Angelica.

Quando Altea arrivò al luogo dell'incontro, trovò la sua amica ad aspettarla, mentre teneva per mano un bimbetto moro, molto somigliante alla giovane donna:
– Eccomi, – disse Altea all'amica, raggiungendola. – È molto che aspetti?
– No, no, – rispose Angelica, sorridente. – Siamo arrivati adesso.
– Ma, è tuo figlio?
– Sì, – rispose l'amica sorridendo, per poi si rivolgersi al bimbo. – Questa è Altea, una vecchia amica di mamma, salutala Ermes.
– Ciao Ermes, – disse Altea accarezzando il capo del bambino. – Hai davvero un bellissimo nome, sai?
Il bimbo fece cenno di sì con la testa, poi strattonò leggermente il braccio della madre:
– Mamma! Ho fame.
Angelica sorrise in direzione del figlio e chiese all'amica:
– Entriamo?
Altea annuì e spinse la porta del caffè, cedendo il passo al bambino e alla madre. Si sedettero e ordinarono, poi cominciarono a parlare.

Angelica volle subito sapere tutto dell'amica: cosa avesse fatto negli ultimi anni, che lavoro facesse, se si fosse sposata; Altea cercò di calmare l'entusiasmo dell'amica raccontando delle imprese compiute nel suo lavoro, quindi della notizia della promozione: ai dubbi che

47

aveva nell'accettare incarichi meno faticosi e più remunerativi, ma che l'avrebbero costretta a cambiare radicalmente alcuni aspetti della sua vita. Quei discorsi le permisero d'introdurre quelli sui problemi di salute della madre e del rapporto frastagliato con il suo fidanzato, del quale, a ogni modo, si disse innamoratissima.

Angelica le raccontò di essersi sposata poco tempo dopo aver terminato gli studi e che Ermes fosse nato a qualche mese dal matrimonio; le parlò della difficoltà nel trovare lavoro nonostante la laurea e della possibilità che aveva avuto, dato l'alto stipendio del marito, di poter rimanere a casa a crescere il piccolo, il quale aveva compiuto nove anni qualche giorno prima del loro incontro.

– Mi dispiace che tu stia affrontando un periodo nel quale anche le cose belle portano comunque problemi, o dubbi, – concluse Angelica rivolta all'amica. – Non mi è mai capitato di essere in una situazione come la tua, ma anche io ho avuto diversi dubbi nella mia vita.

Fece una breve pausa fissando Altea negli occhi, per assicurarsi che stesse seguendo il discorso, appena ritenutasi soddisfatta proseguì:

– Sai cosa faccio, quando ho un dubbio amletico?

Altea mosse lentamente il capo accennando un "no", ma senza dire una parola. Angelica continuò:

– Vado da mia zia.

Sul volto di Altea si disegnò un'espressione perplessa, tanto da sfiorare il comico.

Il bambino, che non aveva aperto bocca fino a quel momento, strattonò di nuovo la madre chiedendo:

– È zia Arianna? È zia Arianna?

– Sì, Ermes, – rispose Angelica, sempre guardando il volto stupito dell'amica. – Proprio zia Arianna.

Altea, come riprendendosi da uno shock, scosse il capo, bevve un sorso di succo di frutta, inspirò e si sentì in dovere di porre la domanda:

– E chi sarebbe tua zia Arianna? Non me ne hai mai parlato.

Ermes, entusiasta, rispose bruciando sul tempo la madre:

– Zia Arianna è una strega, ma buona eh, vede il futuro e aiuta se hai dei dubbi. Insegna anche a me a vedere il futuro, sai?

– Sta buono, Ermes, – lo zittì la madre. – Finisci la colazione e fa parlare mamma.

Il bambino sbuffò e ripartì all'attacco di una grossa brioche alla crema, ripetendo fra sé e sé, in tono quasi offeso:

– Anche io vedo il futuro.

Angelica si rivolse di nuovo all'amica, la quale sembrava incredula:

49

– Altea, non te l'ho mai detto, ma discendo da una famiglia di veggenti e mia zia Arianna è l'ultima rimasta a possedere questo dono; fa tutte quelle cose strane per vedere il futuro: ha la sfera di cristallo, legge la mano, le carte, l'aura, le foglie di tè, eccetera.

Altea era sempre più perplessa: alternò rapidamente lo sguardo, dal bimbo alla madre, per qualche secondo. Poi eruppe in una sonora risata.

– Oh, Angelica, sei sempre così divertente. Mica vorrai darmi a bere che credi in queste cose come gli oroscopi, le carte, i veggenti?

Posò gli occhi sul bambino: la stava fissando, immobile, con uno sguardo che le gelò il sangue nelle vene. Le parlò in tono sommesso, quasi tentasse di sibilarle contro:

– Sono cose vere!

– Ermes,– lo riprese la madre. – Hai finito di mangiare? Non mi pare, quindi finisci!

Altea bevve in un sorso l'intero bicchiere di succo d'arancia e ripeté all'amica, quasi balbettando per la tensione:

– Credi davvero in queste cose?

Angelica sorrise.

– Se ci credo o no poco importa, più che altro mi aiutano a capire meglio me stessa: chiedere consiglio a mia zia riguardo una questione, non mi dà la risposta al problema; semplicemente mi permette di vedere tutte le possibilità. Puoi andarci anche solo per questo: un consiglio non è una cosa in cui credere o meno... è semplicemente un consiglio.

Altea sembrò titubante.

Angelica guardò l'orologio allacciato con una sottile catenina d'oro al suo polso:
– Accidenti, si è fatto tardi, noi dobbiamo andare, – lasciò cadere sul tavolo un bigliettino. – Te lo lascio, per ogni evenienza; ah, non ti preoccupare per la colazione: offro io.
Altea fece per alzarsi e il bigliettino cadde dal tavolo. Ermes lo raccolse e lo porse alla donna, guardandola con lo stesso sguardo glaciale di prima:
– Offre mamma.
Poi sorrise, salutò agitando la mano sinistra e raggiunse la madre alla cassa.
Altea seguì con gli occhi i due uscire dal caffè e lesse il foglietto di carta raccolto dal bambino.

Era un biglietto da visita di quelli che si stampano nei self-service dei supermercati o degli uffici pubblici. In alto a sinistra c'era un simbolo verde sbiadito che ricordava una sorta di stella e due righe di inchiostro nero recitavano:

'Lady Stella Arianna, Strega e indovina.
Cartomanzia, Chiromanzia, Divinazione,
Lettura e pulitura dell'Aura'

Nel retro era riportato l'indirizzo e i recapiti telefonici con sottolineate le parole:

'Dalle 11 alle 16
7 giorni su 7'

Altea era allibita: si accorse di non aver mai saputo nulla della famiglia di Angelica, nonostante fossero state amiche per diversi anni e, soprattutto, non avrebbe mai pensato che una donna colta, raffinata e seria come lei potesse essere così superstiziosa.

Le ultime parole del suo discorso, però, continuavano a frullarle in testa.

Diede un'altra occhiata al biglietto, guardò l'indirizzo; il luogo segnato era a poche centinaia di metri. Rimase a giocherellare col pezzo di carta, facendolo passare di dito in dito, piegandolo e dispiegandolo nuovamente.

Fece per guardare l'orologio del suo cellulare.

Lo schermo lampeggiava segnalando un promemoria:

'Ore 13: Pranzo con Omar'

Chiuse il promemoria e guardò l'ora. Mancavano più di due ore all'incontro col fidanzato.

Riguardò il biglietto e ripensò alle parole dell'amica.

'...solo un consiglio...'

Ripeté la frase due o tre volte, prima di accartocciare il biglietto, infilarlo nella borsetta e alzarsi lasciando sul tavolo mezza tazza di caffè e una brioche appena sbocconcellata.

Ritornò alla sua vettura, incerta sul da farsi; dopo qualche istante di tentennamento, avviò il motore e partì.

∞

Erano le undici in punto. Altea si sentiva stranamente inquieta. Lei e Angelica non si vedevano da diversi anni e, di tutti i discorsi che avrebbe potuto immaginare, non aveva lontanamente pensato di concludere l'incontro parlando di superstizioni e vecchie usanze folkloristiche. Ma ora era lì, innanzi a quel palazzo talmente fatiscente che pareva minacciare di crollare su se stesso da un momento all'altro. Altea si avvicinò al citofono osservandone i tasti: erano tutti sbiaditi e ingialliti, molti non riportavano nemmeno il nome. Quello più in alto, scritto a biro, come quasi tutti gli altri appena leggibili, segnava il nome 'Arianna Stella', affiancato da un 'P.4', segnato con lo stesso inchiostro sbiadito.

La donna rimase a fissarlo pensierosa per qualche istante, poi, come fosse un mantra, si ripeté per l'ennesima volta le parole dell'amica:

– È semplicemente un consiglio.

Pigiò il campanello; senza alcuna risposta dall'altoparlante, il pesante portone di legno ricoperto a macchie irregolari da vernice scura erosa dall'umidità e dal tempo, scattò aprendosi, accompagnato da un ronzio elettrico.

Non vi era ascensore, naturalmente, in quel rudere.

Altea iniziò a salire i gradini di pietra levigata mentre nuovi dubbi affollavano la sua mente, facendo a pugni con quelli già presenti.

Sapeva che non avrebbe creduto a una sola parola di quello che sarebbe stato detto o avrebbe visto, ma seguire il consiglio dell'amica Angelica le sembrava un dovere da compiere: se non altro in onore della loro amicizia. Inoltre, anche se non voleva ammetterlo, era spinta da una forte curiosità.

Giunse davanti al pianerottolo dell'unica abitazione al quarto piano.

Sulla porta socchiusa era appesa una targhetta di legno con dipinte le stesse parole del biglietto da visita.

Altea spinse leggermente l'uscio ed entrò.

∞

Quello che vide quasi la sconvolse, per lo stupore. Nonostante la fatiscenza del palazzo, l'appartamento era ampio, illuminato e arredato con delizioso buongusto: il pavimento era in parquet, probabilmente tirato a lucido quella stessa mattina; le pareti, così come le quattro poltroncine al centro della stanza, erano tappezzate di un bordeaux molto caldo, sulle quali stavano appesi quadri a olio raffiguranti immagini della cultura classica e disegni aborigeni; maschere tribali e statue rappresentanti divinità di diverse religioni completavano l'arredamento di quella che sembrava essere una sala d'aspetto.

Al centro della sala, fra le poltroncine disposte in circolo, stava un tavolino sopra il quale una fontana a forma di conchiglia emanava dei fumi biancastri dall'intenso odore di rosa; nell'aria risuonavano melodie rilassanti, accompagnate dal rumore registrato di onde marine che s'infrangevano sugli scogli e canti di gabbiani.

In quell'atmosfera Altea si sentì leggermente stordita; sicuramente meno nervosa.

– Ha un appuntamento?

Per Altea fu come essere riportata sulla terra di colpo, dopo essersi librata in volo per delle ore.

Si voltò lentamente per guardare chi le avesse parlato e vide una donna di mezz'età alta e snella che, con indosso una veste viola e una crocchia di capelli rosso scuro, stava ritta in piedi a qualche metro da lei.

– Sì, cioè, no, – rispose Altea, quasi balbettando. – Ecco, sono un'amica di Angelica e mi ha parlato di sua zia e...

La donna le fece un cenno per interromperla:

– Attenda qui, prego.

Scomparve dietro una porta e Altea rimase senza parole, ma prima che potesse pensare alcunché, quella ritornò:

– Lady Arianna la riceve immediatamente, per di qua.

Dicendo così, indicò la porta dalla quale era uscita:

– Devo entrare lì?

La donna non rispose, si limitò a ripetere l'invito con la mano, invitando Altea a varcare la soglia; quando fu entrata, le chiuse la porta alle spalle.

∞

Tutta l'atmosfera di calma e serenità che aveva provato nell'ingresso, le sembrò dissolversi con la chiusura della porta.

Altea era di nuovo in preda a quella sensazione d'inquietudine.

Avanzò leggermente nella stanza in penombra e una voce si rivolse a lei:

– Prego, si accomodi.

La donna strinse leggermente le palpebre, mettendo a fuoco la visuale.

In fondo alla stanza c'era un tavolino circolare, ricoperto da un panno blu scuro, o forse nero, sopra il quale stava una grossa sfera, di un materiale incolore e semitrasparente.

Dietro al tavolino sedeva una donna, della quale non riusciva a vedere chiaramente i tratti del viso.

– Lei è un'amica di mia nipote, dunque?

Arianna parlava con un tono chiaro, anche se non molto alto o squillante.

– Sì, – rispose Altea, incerta, sedendosi. – Frequentavamo gli stessi corsi.

– Non creda che Angelica mi abbia parlato di lei; non parliamo molto io e mia nipote, eccetto che dei suoi problemi, oppure del bambino.

– Oh, – rispose Altea, ridendo nervosamente.

– Non lo penso.

– Non menta, me ne accorgo.

Altea era sempre più nervosa: le mani cominciarono a sudarle.

– Si rilassi, – riprese Arianna. – Se mia nipote l'ha mandata da me è perché ha qualche dubbio che annebbia il suo giudizio; Angelica sa quanto io sia brava a diradarli.

– Sì, immagino, – ribatté Altea, sempre nervosamente. – Ma, vede, io non...

– Lei non crede a queste cose, – la interruppe Arianna. – Non è forse così?

Altea non rispose.

Arianna, dopo qualche istante di silenzio, le chiese il nome e il giorno di nascita.

– Ma, – rispose Altea. – Non sa nemmeno il mio nome?

– No. Le ho già detto che mia nipote non mi ha mai parlato di lei.

Altea era sempre più titubante, ma rispose ugualmente.

– Bene, Altea, – le chiese Arianna. – Quale dilemma ti affligge?

– Non sa nemmeno questo?

Altea cominciava ad usare un tono forse un po' troppo provocatorio per Arianna, infatti la veggente scosse il capo.

– Già, voi scettici siete sempre da convincere, – Fece una pausa, fissando la sfera che aveva innanzi, poi riprese. – Altea, sei nubile, anche se nella tua vita c'è qualcuno. Hai un lavoro che ti soddisfa, ma non ti gratifica abbastanza. Non hai figli e ti dispiace: avresti voluto essere circondata da bambini, magari anche nel lavoro, facendo l'ostetrica o l'insegnante, ma hai optato per altre strade; ti basta o vuoi che continui?

Ora Altea era più spaventata che titubante, ma sentiva crescere una curiosità mai provata prima, sempre più intensa a ogni parola dell'indovina; rimase in silenzio per

qualche istante, poi, come se stesse parlando fra sé e sé, disse:
– Ma guarda te se solo... no, va bene. Continui pure.
– Dammi del tu, – le disse Arianna. – Ora porgimi la tua mano sinistra.
Altea fece come le era stato chiesto.
Arianna, accese un cero, il che permise ad Altea di vedere meglio l'interlocutrice: era in tutto e per tutto uguale all'amica Angelica, anche se aveva almeno il doppio della sua età.
Arianna scrutò il palmo della donna.
– Dunque, i dubbi riguardano proprio il tuo lavoro. Dammi anche l'altra mano, sì, così cara. Allora, la linea del successo è molto marcata e quella della fortuna non è male, ma... – Arianna afferrò più salde la mani della donna, portandole più vicina alla luce e spostando lo sguardo rapidamente da un palmo all'altro. – No, non è possibile.
– Cosa? – chiese preoccupata Altea. – Cosa non è possibile?
– Devo aver sbagliato, – rispose Arianna con un tono angosciato. – Non può essere.
– Insomma! Che cosa?!
Altea non si accorse di aver urlato e, forse, nemmeno di aver strappato le proprie mani dalla presa di Arianna.
La donna con la veste viola irruppe nella stanza, premendo l'interruttore della luce:
– Che succede?

Arianna scattò in piedi, ora col viso perfettamente illuminato, si poteva notare la forte espressività del suo volto, sul quale sembrava essersi posata una maschera di angoscia e timore.

Altea questa volta urlò più forte, volontariamente:

– Insomma! Vuoi rispondermi?

– Signorina, – la riprese la donna con la veste viola. – Questo è un tempio! Non si può urlare così.

Arianna era scioccata, premendo la schiena contro il muro continuava a farfugliare frasi sconnesse e apparentemente senza senso:

– Non è possibile... la linea del destino! Non è possibile...

Altea cercò di calmarsi e si sedette nuovamente:

– Arianna, – chiese Altea. – Mi spieghi cosa succede?

La veggente la guardava con un'espressione a dir poco invasata; la donna con la veste viola si rivolse nuovamente ad Altea:

– Lady Stella Arianna non può parlare, deve averla scioccata ciò che ha visto nel suo futuro. La prego di pagare la prestazione ed andarsene.

Altea fissò Arianna negli occhi con sguardo minaccioso e stava per ripetere la domanda, ma la veggente l'anticipò:

– Altea, la tua linea del destino parla chiaro: la tua linea della vita è troppo breve!

– Arianna, non capisco.

– Sei condannata Altea, morirai presto. La linea della vita è brevissima!

Altea spalancò gli occhi e si guardò il palmo, soffermandosi sull'ultima linea che aveva seguito col dito Arianna mentre le leggeva la mano.

Effettivamente non era lunghissima, ma nulla che giustificasse una reazione come quella.

Altea prese la borsa estraendone il portafogli e, con fare stizzito, l'aprì per poi sbattere delle banconote sul tavolino.

– No, – la fermò Arianna, spingendo via le banconote. – Io non prendo soldi dai condannati a morte. Non sottraggo l'obolo a Caronte.

Altea rimase perplessa da queste parole. Si stizzì ancora di più e, bofonchiando qualche parola molto blasfema, si precipitò fuori dalla stanza, per poi uscire dalla casa di Arianna, scendere le scale di corsa e raggiungere in fretta l'automobile. Accese il motore e partì sgommando, lasciandosi alle spalle quel covo di pazze.

∞

Altea, dentro di sé, continuava a sentirsi stupida per aver accettato il consiglio di

Angelica e ancora più stupida per aver reagito a quel modo; d'altra parte non capita tutti i giorni d'incontrare qualcuno che ti etichetti come "condannata a morte". Pensava a tutto questo, Altea, e cominciava a nutrire, nel profondo della sua anima, un forte timore.

Quella mattinata l'aveva talmente agitata che, quando incontrò Omar per l'ora di pranzo, si dimenticò perfino di parlargli circa la promozione e del probabile trasferimento. Piuttosto gli raccontò dell'accaduto.
– Andiamo, Altea, – commentò Omar, dopo aver ascoltato attentamente la fidanzata. – Non hai mai creduto a queste cose, non ti farai turbare per questo, vero?
– Hai ragione, – rispose Altea sorridendo. – Non so che mi sia preso. Mi sento tanto stupida.
– Ma quale stupida? – la rincuorò Omar, poi afferrò dolcemente le mani della donna. – Quale sarebbe la linea della vita?
Altea gliela indicò, sfiorandola con l'indice.
– Accidenti, – esclamò l'uomo, confrontando le proprie mani con quelle di Altea. – È davvero lunga, la mia!
– La mia no!
Omar sfiorò le mani della donna, come lei aveva fatto prima:
– Già, è proprio corta, – fece una breve pausa, poi ironicamente aggiunse. – Fattela allungare.

Altea era perplessa:

– Cosa?

– Come 'cosa'? La linea della vita! Fattela allungare chirurgicamente: è un intervento semplicissimo e ne fanno a miriadi di questo tipo nella clinica dove lavoro. Ogni tanto una paziente vuole aumentare o ridurre il seno, a volte capita qualcuno che voglia un mento più pronunciato; perché no un allungamento di una delle linee della mano? Fra risate e battute sarcastiche sull'argomento il tempo passò e, alle tre del pomeriggio i due fidanzati si salutarono con un lungo bacio; Omar avvertì la donna che non sarebbe stato libero quella sera per portarla a cena fuori come avevano concordato, ma le promise di farsi perdonare offrendole il pranzo l'indomani.

Altea tornò a casa e cominciò a lavorare ai documenti presi dall'ufficio la sera prima. Dopo nemmeno mezz'ora, però, dovette rinunciare: si ricordò di non aver parlato a Omar e meditava sull'effettiva urgenza che potesse avere la notizia della promozione; in fondo non era nemmeno sicura di ottenerla. Inoltre, nonostante credesse di averla completamente diradata, la sensazione di timore che l'aveva colta dopo il dialogo con Arianna, la riassalì improvvisamente. Non riusciva a spiegarsene il motivo: era un timore insensato, irrazionale; eppure riusciva a scuoterla e agitarla infinitamente; un timore che riusciva a gettare nella confusione una donna che non si era mai fatta prendere da impulsi di nessun genere e in grado di mantenere la mente lucida in qualunque situazione, anche la più difficile.

I sogni di Altea, quella notte, si riempirono di visioni sinistre, intervallate dalla tremenda espressione degli occhi di Arianna mentre le dava il terribile responso; le parole "condannata a morte" riecheggiavano nella sua mente, come una tetra colonna sonora per quel film dell'orrore prodotto dalle immagini oniriche.

Si svegliò di soprassalto nel cuore della notte, afferrò il telefono e chiamò Omar.

Altea dovette digitare il numero quattro volte, prima che l'uomo rispondesse; la sua voce, assonnata e confusa, raggiunse l'udito della fidanzata, la quale parlava con voce tremante e singhiozzante, provocando l'alteramento del tono di Omar, da confuso a preoccupato.

– Altea, ti prego, – disse lui, interrompendo i farfugliamenti della donna. – Rilassati. Respira, parla con calma o non capisco una sola parola.

Altea inspirò profondamente e cercò di modulare la voce nel modo più chiaro possibile:

– Omar, per favore, riesci a fissarmi l'operazione al più presto?
– Cosa? Che operazione?
– Alla mano, Omar! Per allungare la linea.
– Ma, – Omar sembrava perplesso. – Stai scherzando? Non dicevo sul serio, vuoi farlo veramente?
– Non sono mai stata più seria, – rispose Altea singhiozzando. – Ti prego, non so perché ma ho paura. Forse funzionerà da placebo.
L'uomo sospirò:
– Va bene, – rispose Omar rassegnato. – Vieni da me domani mattina e vedremo che fare.
– Grazie, – rispose Altea tranquillizzandosi. – Grazie Omar. E scusa per l'orario.
– Figurati. Però ora dormi; riposati, hai accumulato troppo stress.
Altea attaccò il telefono, si sdraiò nuovamente, respirò profondamente e si riaddormentò.

∞

Alle dieci in punto, Altea si trovava nell'ufficio di Omar.
– Dunque, – esordì l'uomo. – Normalmente facciamo una serie d'incontri preliminari per comprendere le motivazioni di un intervento

65

chirurgico, ma nel tuo caso ho già steso un rapporto, essendone a conoscenza; ovviamente il tutto è strettamente riservato.

Omar allungò un foglio sopra il quale era disegnata una mano ed era messa in evidenza la linea della vita, parecchio allungata e perfettamente armonizzata con quella del destino; attese qualche istante, poi riprese il discorso.

– Ho fatto ridisegnare le linee secondo quelle della mia mano, ci sono problemi?

– No, – disse frettolosamente Altea, appoggiando il foglio sul tavolo innanzi a lei. – Non ce ne sono, va benissimo: va bene qualunque cosa, basta che si faccia in fretta; non voglio più passare una nottata come questa.

Omar si alzò, raccogliendo i documenti nella cartella sopra la quale un'etichetta recitava il nome di Altea, poi concluse:

– Allora, se non c'è altro, possiamo andare in sala operatoria fra un'ora: il tempo di sistemare alcune cose.

Altea annuì e si diresse in sala d'aspetto, dove attese finché non la chiamarono, annunciandole che era tutto pronto per l'operazione.

L'intervento non durò molto. Altea uscì dalla sala operatoria e venne portata in una camera singola. Omar la raggiunse qualche minuto dopo.

- Spero che ora vada meglio, - disse l'uomo sorridendo, poi aggiunse indicando la fasciatura della mano di Altea. - A proposito, sarebbe meglio che tu non guidassi per un po' e sforzassi la mano il meno possibile; potrebbe darti prurito o fastidio, ma è normale. Attenderai qualche ora qui, poi potrai tornare a casa.

La donna ringraziò nuovamente il fidanzato, il quale le diede un colpetto affettuoso sul capo ed uscì dalla camera.

Altea iniziò a sentirsi molto meglio. Se, fino a quel momento, non aveva mai creduto alle superstizioni, all'effetto placebo provocato da interventi come quello aveva sempre creduto. Quando le tolsero la fasciatura, permettendole di vedere il risultato, sembrò esserne molto soddisfatta.

Prima di lasciare la clinica passò dall'ufficio del fidanzato; lo trovò mentre era intento a leggere e firmare alcuni documenti. Altea si scusò nuovamente per la telefonata notturna e per il disturbo arrecatogli, aggiungendo il suo intervento agli altri già in lista.

- Figurati, - rispose Omar. - È una sciocchezza, non avevo interventi in programma oggi. Piuttosto, mi dispiace solo di aver annullato anche l'invito a pranzo.

- Oh, fa nulla, - le disse lei dolcemente. - Anzi, sai cosa ti dico? Ti invito io a cena, questa sera. Alle otto in punto: nessuna scusa, perché ti devo anche parlare di una questione.

Detto questo la donna uscì dall'ufficio e s'incamminò per il corridoio, percorrendolo fino all'entrata dell'ala nord, seguendo il cartello indicativo dell'ascensore.

Premette il pulsante di prenotazione e posò lo sguardo sul pannello indicatore: la cabina si trovava già al settimo piano, in pochi secondi sarebbe arrivata.

Un campanello trillò annunciando l'apertura delle porte.

Altea vi entrò e premette il pulsante del pian terreno.

Si appoggiò con la schiena in fondo all'ascensore, per non intralciare l'eventuale entrata di altre persone e fece per cercare il cellulare nella borsa, con l'intenzione di guardare l'orario.

La luce nella cabina si spense di colpo e l'ascensore si bloccò.

– Cazzo, – si lasciò sfuggire Altea, quasi gridando. – Ci mancava solo questa!

Nel buio riuscì ad afferrare il telefono per chiamare Omar.

Improvvisamente, la donna udì un rumore sinistro provenire da sopra il suo capo.

Poi uno più forte, subito dopo, nel medesimo punto.

Non finì di comporre il numero, che sentì i propri piedi sollevarsi; avvertì il suo corpo più leggero e lo stomaco svuotarsi e sussultare, come se questo stesse "saltando", nel tentativo di toccare il cuore.

La cabina percorse, in pochissimi secondi, ben otto piani. Terminò la sua corsa nei sotterranei, con un tonfo poderoso, provocando una densa nube di polvere e intonaco sgretolato.

Dalle porte dell'ascensore del seminterrato, squarciate a causa dell'urto, si staccò un foglio di carta che, planando, andò a posarsi sull'ammasso di mattoni e ferraglia contorta.

Il foglio riportava una scritta vergata con un indelebile a punta grossa, di colore rosso vivo e riportava la data di quel giorno; il resto del messaggio era il seguente:

'GUASTO: servirsi della cabina all'ala opposta'

Fine.

INDICE

Collana Aset

www.ingramcontent.com/pod-product-compliance
Lightning Source LLC
Chambersburg PA
CBHW060135260626
47160CB00005B/2111